비탈진 사람들

전진식 시집

도서출판 지식나무

[시인의 변]

만인의 연인으로 살고 있는 여인을 만났다. 그는 자존의 극치에서 체면치레 같은 것이 잘 포장된 인생 가면극으로 세상을 살고 있었다.
돋보이기 위해서 닭장 속에서 봉황의 모습을 하고 있지만 내면은 늘 혼자이고 지독한 외로움에 있었다.
전설은 실존이 없다.
척하고 살아가는 모습이 탈을 쓰고 웃고 있는 것이다

늦은 나이에 무지無知의 한계를 느끼면서 내가 아닌 내가 거울 앞에서 옷맵시를 다듬고 있다.
가식의 매듭을 풀고져 안달이다.
첫 시집 「돼지가 웃을 때는」을 내고서 교만과 아집에 덩실거리던 나를 생각하면 참으로 어처구니 없었다는 생각에 쓴웃음을 짓다가 머리 염색을 하면서 왜?라는 물음표를 던진다
바탕대로 살면 되는데 꾸밈의 획은 왜일까?
지하철을 타도 옆자리에 젊은이가 있으면 혹여 옷깃에 노인네 냄새가 젖어 있을까 조바심을 한다.
나도 가상假想을 그리며 세상을 살고 있는 것이다.

안동에 가면 탈춤을 추는 사람들을 만난다. 그들의 표정은 제각기 다른 모양새의 풍경이다.
웃다가 울다가 화가 난 표정도 있다.
나름대로의 삶의 방식에서 한恨풀이를 하고 있다.
나는 나를 가꾸기 위해 걸음걸이 연습을 하고 있는데 변형된 세상을 역주행하며 살겠다고 탈을 쓰고 뜀박질을 하고 있다.

나 아닌 내가 추구하는 詩의 실상은 무엇인지?
숨겨둔 보석은 빛의 가치를 잃는다고, 타인에게 돋보이기 위한 허상이 톱니바퀴를 돌리고 나도 탈춤을 추고 있다.
돋보이게 하려는 망상이라면 맞는 말이다. 껍데기뿐인 나를 보고 모래바람이 덮어 버린다.

눈물이 나면 하늘을 본다.
둥근 보름달이 홀로 하늘에 떠 있다.
비우고 또 비우고
얼마를 비워야 저 달처럼 둥실 떠오를 수 있을까.

목차

1부 사랑의 누드

2부 비탈길 사람들

3부 꿈꾸는 크레파스

4부 꽃들의 반란

5부 앵무새 엿보기

서평

1

사랑의 누드

경축일

태극기를 달았다

왜 다느냐고?

아내 생일이랬더니
웃었다

내겐
경축일[慶祝日]인데

틈

틈을 찾아 꽃씨가 날아왔어요

풀잎 한 포기
바위 모퉁이에 심었는데
기대어 보니
갈라진 틈 속이 참 따스합니다

다듬어 주니
꽃이 피네요

세상은 군데군데 구멍이 있고요
바위라고
모두 냉정한 것이 아니라고

그대 마음에도 틈이 있었습니다

모란이 피던 날

난 네가 필요해

힘이 쳐진 아내에게
항아리 속
파아란 하늘을 담근다

향기가 없다구?

아니야
향보다 좋은 게 당신 냄새야

모란이 피던 오월에
모란꽃 옆에서
아내가 웃고 있다

장미

불을 확 질러 버렸어
가슴이 다 타버렸지

느낌이라는 게 있잖아

무작정 좋은
너는
첫사랑이야

세상이 참 곱기도 하다

네가 이쁘니까

바람꽃

아지랑이 속에서
봄이 걸어서 나온다

벌도 꽃 속에 숨었다가
살그머니 기어 나왔다

이 꽃 저 꽃
나비는
바람꽃이 되었다

활짝 웃는 연둣빛

세상의 색깔이
모두 봄향기였으면 좋겠다

가슴 콩닥거리는
첫사랑이었으면 좋겠다

달

내가 좋아하던 사람은
만나서 가슴 따스한 눈물이더라

풀벌레 소리
몇몇 날이고 잉잉대는 바람에 실려
아슴아슴
풀잎 사이로 떠오르는

저 달,
달 좀 보아!

흩날림도 없이
그대 울음 빛 고운 들녘에 서서
그리움

달은 아무리 밝아도
가슴에 차지 않고

내가 좋아하는 사람은
만나서 가슴 따스한 눈물이더니

그리운 성산포구

왜 그런지를 모르겠다
성산 포구로 가는 사람들마다
갯바위에 걸친 달빛을
억지로 바다에 끌어내리고 있다는 거

웃기게도
일출봉 꼭대기에서 달을 보며 울부짖는
늑대 한 마리를
아무도 보아주는 사람이 없다는 것도

나는 취했고
바다는 나보다도 더 취했고
여자가 바다에 빠졌고
나는 바다를 건져 올렸고
술이 좋은지
여자가 좋은지
반쯤 남은 소줏병도 파도 소리에 취했고

빈 포구에는
밤마다
그리운 사람들이 바다로 빠지고 있었다

개망초 꽃

"별일 없었지?"
눈부시지 않게
산 그림자가 되어 내 주변을 맴도는
너로 하여
살아가는 이유를 묻는다

사랑한다고
향기 한 번 날리지 않아도

옷자락에 기대어
아침 이슬로 빛나는 너는
아
개망초 꽃

아내의 손마디에 핀 개망초 꽃을
이제야 보았네

꽃과 그대

아침에 눈을 뜨고 꽃을 보았습니다
말갛게 웃고 있는
꽃을 보고 그대라고 했습니다

종일을 웃고 있는 꽃을 보며
일상은 비눗방울이 되어 하늘로 오르고
환하게 웃었습니다

꽃과 그대는
망설임 없이 불러도 좋은 이름입니다
내가 꽃을 보고 그대라고 부르는데
아내가 웃습니다

꽃은 그대가 되어 향으로 날리고
아내는
꽃 속으로 숨어 꽃이 되었습니다

화단에 물을 주면서
교회당의 종소리가 아름다웠던 아침입니다

찔레꽃 당신

숨겨 두고서
부르고 싶은 이름 하나가 있다

노을빛 강가에 누워
찔레꽃
소쩍새 울음 소리가 말갛게 하늘을 날고

쩍
쩍
소쩍
내 가슴에 쩍 붙어버린 꽃잎 하나

너 저쯤에 서 있거라

너의 이름을 부르기에
오월은 너무 눈이 부시다

바라보기만 해도 좋은

나는 너에게
무엇인가로 남고 싶다

강

강은
천년만년을 가슴으로 흘러갑니다

사람들에겐 그리움이란 게 너무 많지만
간절한 이름 하나 지우지 못한
한恨의 그리움은
강물로만 흘러갑니다

해질녘에 옥상에 오르면 그리움이 보입니다
휘파람을 불면 꽃이파리가 날리고
못다한 이야기도
강물 위의 노을로 옵니다
모두가 그리움입니다
이런 날은 차라리 눈을 감습니다

보지않고 보이는 것이
가장 아름다운 그리움입니다

가까이 있거나 멀리 있어도
강은 가슴으로 흘러 갑니다
때로는 애절한 이름 하나 부르지 못하고
세월로 흘러 갑니다

첫눈 오는 날

누가 그랬다
첫사랑과는 헤어지라고

못잊을 추억 하나 만들어 놓고

첫눈이 오는 날은
한 번쯤은 생각나는 그리움이 있어야 한다고

소록소록
발자국 두 개를 눈길 위에 남기며

첫눈이 오는 날은

눈사람처럼 해맑게 웃는
그리운 사람 하나쯤은 남겨 두어야 한다고,

평행선

누군가를 좋아할 때
편하게 하는 말이 있다

"우리 그냥 바라보기만 해요"

레일 위를 걸으며
지평선을 보다가

봄
여름 가을
겨울
그리워하면서도 닿을 수 없어

지친 사랑은 녹綠이 되었다

애써 웃어 보아도
내가 좋아하는 사람은 그렇게 멀어져 갔다

노을

라이터를 들었다
방화범이 되겠다고 세상을 두리번거리다가
딱 하나
태워버릴 것을 찾았다
내 심장

타올라라 타올라라
더 붉게
하늘 높이높이로
가난한 시인의 가슴처럼
뜨겁게
뜨겁게 피를 토吐하라

상사화

사랑을 하면서도
사랑을 하면 아니된다는 그런 사랑을 두고
소쩍새는 밤을 새워 울었다

보지 않고도 보고 싶다는,
사랑의 굴레 같은 것은 아니라고
애써 외면도 해보지만
한 번은 무너져야 할 이별이란 단어를
또 한 번은
너 아니면 아니라는 애틋한 번뇌로
잎이 지고 꽃은 핀다

당신은
꽃으로 피지 않아야 했다

이룰 수 없는 멍에
사랑의 종말이라는 것을 알면서도
비는 촉촉히 내리고
비야
비야
한 열흘만 내려다오

2

비탈길 사람들

실직

삼 개월째 쉬지 않고 달성공원을 찾는다
짐승들은 눈치도 없고
빈둥거림은 피장파장이다
어쩌면 구경꾼이 된 내가
저들 눈에 비추어진 동종의 몰골이다

할 짓이 없어
야바위꾼의 장기판에 훈수를 두다가
고래등 같은 고함에 슬그머니 등을 돌린다

회전목마를 탄 아이들은 풍선을 들고 뜀박질인데
주머니에는 동전 몇 개가 달랑거린다

숨어우는 부엉이

누가 그랬다
세상 보는 게 지랄 같아서
선글라스를 낀단다
어울리지 않게
옷매무새가 초라해 보이는데
세상이 너무 밝게 보인다고 한다

돈도
사랑도
보이지 않는 게 그리움이라고

그는
쓸쓸히 유행가 한 소절을 불렀고
꺼이꺼이
숨어 우는 부엉이의 울음소리로 들렸다

비탈의 정년停年

때가 되면 떠날 줄도 알아야지
눈을 뜨고
출근하는 아내를 못 본 채 모로 누워 눈을 감는다
혹여 잠이 깰까나 살포시 문을 닫는
아내의 뒤태에는 흰 머리카락이 날리고
머리맡에 던져진 만 원짜리 지폐 한 장은 일당의 한 조각이다

공짜 지하철도 쉰내가 나고
친구 주머니를 털어 대폿집 냄새도 이골이 난다
국수 면발을 앞니로 끊다가
시장 바닥에 내동댕이쳐진 발자국을 본다
질퍽한 세상 냄새
왜 이리도 눈물이 되나

강변에 앉아 덧없이 던지는 돌멩이질에
청둥오리가 푸득거리며 강 건너로 간다
도망치듯 달려온 인생길에 황혼의 늘어진 그림자가 보이고
애착같은 것도 없는데 너무 길게 매달려 삶이 구걸되는 모양새다
무심코 뒤를 돌아보니
구급차의 사이렌
상두꾼의 외진 목소리가 골목을 빠져나간다

산다는 것이
가로등 주변을 돌고 있는 것인데
멀리서 강아지 한 마리가 꼬리를 흔들고 있다

버려진 신발

태생이 상것이라는,

바닥에서 짓밟히며 살아온
업보
보아주는 사람 아무도 없고
짓눌리고 살았다

그런데 말이야
이제는 버림이라는 배반까지 받았지

버려진 신발

인생 갑질에
쓸쓸히
쓰레기통 안에서 뒹굴고 있다

아버지의 지게

왜소하고 깡마른 게 등짝에 붙어 떨어지지를 않는다

허리를 구부리고
무릎을 접고서야 일어설 수 있는 것은
육상 선수의 출발 자세다
새벽부터 늦은 밤까지
늘 바쁘게 뛰어다녔던 아버지의 지게
지겟작대기를 세우니
입을 허하니 벌린 세간살이가 업힌다
천리 서울 길
딸아이를 시집보내면서 지게에 태웠고
어머니를 지게에 뉘여
재 넘어 공동묘지도 갔다
돌아오는 지게는 가벼운 것이 아니라
무덤을 지고 비틀거리는 것이다
지게는 평생을 아버지의 등에 업혀 다녔다

아버지가 사랑한 지게

나이가 들고
이제야 지게가 내 것인 줄 알았다

나는 누구에겐가 안기고 싶다

삶의 여정은 기대만큼 순탄치 않았다
지하철 플랫폼에는
저마다의 바쁜 사람들이 서성거리고
이웃들의 표정은 무감각이 되어 사방을 두리번거리고 있다

누구는 손가락을 두드리며 폰 속에 담긴 세상을 이야기하고
누구는 폰 속의 음악을 들으며 책장을 뒤적이는데
덜거덕거리는 전동차의 바퀴소리가 들려온다
에스컬레이터의 계단 사이를 뛰어내리는 사내는 바쁜 걸음이
문틈사이로 사람들을 비집는다
모두들 어디론가로 목적지를 두고
전동차 속에 걸린 노선도를 보며 정착지의 역사驛舍를 셈하는데
아무리 둘러보아도
나를 보아주는 이 아무도 없다
살면서 그리웠던 사람들의 얼굴도 생각해보지만
시베리아의 냉한冷寒이 스치는 전동차

문이 열리니 한 무리의 사람들이 빠져나가고
다시 밀물처럼 밀려오는
사람, 사람들
눈인사도 없이 만나고 헤어진다
보고 있어도 보이지 않는
서로에게 알 수 없는 넋두리가 되어

안개 속으로
나는 혼자
외롭다 외롭다 한다

경마장의 투전投錢

질주疾走
말馬은 시원하게 앞으로 달리는데
가슴은 콩닥거리다가
위로 아래로
높이의 한계도 모르고 뛰고 있다

발굽들의 활보
한 번쯤 하는 기대치에 무게를 두니
산다는 것이
야바위꾼의 비릿한 미소가 되어 주사위 위로 굴러다닌다
너 아니면 아니다
도박판에 던져진 찌릿한 눈빛은
함성과 욕설과 한숨으로 들끓고 있다

한 번만이라도
한 번만이라도
합장한 손바닥에 땀방울이 고인다

한 사내가 건물 모퉁이에 쭈그리고 앉아
담배꽁초를 입에 물고 있다

법보다 밥

두근거리는 가슴으로 만났다
서귀포 남원의 조그마한
밥집
둘러본 벽장의 풍경에
"법보다 밥"

어린 시절
보릿고개 넘던 엄니 생각이 났다
호박잎 된장에 허기를 때우려고
부엌 시렁 아래에 걸려
대롱거리던
대소쿠리에 담긴 보리밥

몰래몰래
한 움큼 집어 입 안에 훔쳐 넣던

"법보다 밥"

비탈길 사람들

종아리에 붙어 떨어지지 않겠다는 거머리가 있다
땅바닥에 팽개치니
마른 햇살에 꿈틀거리다가 기어서 도망가는 모양이 억척이다
그랬다
피라미드나 만리장성의 불가사의한 전설에도
이면을 보면
노역꾼들의 종아리에 거머리 모양의 힘줄이 구부정하게 붙어
꿈틀거린다
힘들고 외로운 인생길

비가 오려나?
일당은 하늘에 맡겨놓고
새벽부터 종일을 망치질 소리로 흥을 달래면서
외줄을 타고
무거운 거푸집의 틈을 비집는 목수들의 애가哀歌나
철을 엮으며
장철의 출렁거리는 장단에 비틀거리는
공사판의 땀방울이 쇠꼬챙이에 걸려있다

시장 바닥에서 허리를 꼬부린 어머니가 생각났고
해질녘
아직 다 팔리지 않은 나물 광주리를 다독이며
세상을 만지작거리고 계시는데
낡은 판잣집의 담장에 붙은 포스터에는
주연급 배우의 환하게 웃는 얼굴이 그려져 있고
엑스트라의 그림자는 흔적도 없다
언덕을 오르면서
휑하니 지나가는 승용차의 바퀴에서 매캐한 흙냄새가 날린다
숨은 턱까지 올라왔고

누렇게 금이 간 콘크리트의 벽면을 손톱으로 긁으며
담장에 붙어 있는 담쟁이
삭풍에
평생을 남의 집에 빌붙어 있다

악몽의 코로나

그의 가게 문은 남쪽에 있는데
북쪽 흡연실로 통하는 철문이 바쁘게 움직인다
철문 위에는 비상구 불빛이 보이고
도망치는 사내의 모습이 희미하게 그려져 있다
모기 두 마리가 사내 뒤를 따르고
햇볕을 가린 선팅지는 누렇게 실금이 나 있다

냉장고에는 곰팡이의 썩은 냄새가 득실거리고
탁자 위 천장에는 파리가 떼거리로 달려
거미도 살길을 찾아
대로변의 남쪽문에 그물을 치고 있는데
문은 오래도록 닫힌 채로
묵묵하게 굳은 얼굴을 하고 있다

저 문을 열면 코로나의 악몽이 보일 거야
지나치는 사람들의 악담에 대꾸도 없이
문은 제구실을 못하고 삐딱하게 서 있다
의자에 앉았다가 일어서는
사내의 무르팍에서는 삐거덕 소리가 난다

수도꼭지를 돌리니
쌓였던 분통이 한꺼번에 터졌고
폭포수 소리가 들린다
대낮인데도 사내의 눈은 깜깜했다
길을 안내하는 흰 지팡이조차 찾을 수 없고
쓰레기통 안에서는
덜거덕거리며 먹이를 찾는 길고양이의 울음소리가 들렸다

복권 가게 앞에서 기도를 하며
빈 지갑을 들고 비상금 만 원을 찾는다

부고訃告

소식이 없던 친구의 소식이 왔다
죽었다는 것이다.
살아있을 때는 조용하더니
죽어서야 소식이 왔다

화장터
얼마 전까지 서 있던 사람이 한 줌 가루로 날리고
잠시 흔적도 없이 사라질 울음도 날린다
소주 한 잔을 기우는 선술집에는 달도 기울고
이제는 또
누구의 소식에 폰이 울릴까?

주모의 척하는 위로는 고마움이 되겠지
보이는 것이 보이지 않을 때는
세상과 작별한 것이라고,
면面이 있다며 술 한 잔을 권하는 손길이 고맙다
동정의 눈빛이라도 열심히 모아두자
폰이 울린다

화들짝 놀라 폰을 드니
"언제 오실 거유?"
나직한 아내의 목소리에 자리를 일어선다

초승달 하나
휑하니 전깃줄에 걸려있다

장애의 늪에서

우화에
토끼와 거북이의 달리기를 달팽이가 구경하고 있다는 것을 아무도 모른다
남男도 여女도 아닌 것이
공존할 수 없는 세상을 더듬거리고
관심 밖으로 버려져 더듬이를 흔들고 있다
미미한 움직임에 엇박자가 되는 아우성

희미한 전등 탓에
닭장에 갇힌 닭은 모이를 쪼는 일로 일상이다
철망 속으로는 날개를 퍼덕거릴 수도 없어
억눌림에 대한 설움이
구구대는 울음소리로 쇠창살에 끼어 있다

나는 오른쪽 귀가 들리지 않았고
왼쪽 귀로 세상을 본다
커피에 설탕을 태우다가 당뇨병 환자라는 것이 생각났고
무르팍이 아파서 절뚝거리면서도 무심한 세상을 탓하지 않았다
달팽이나 쇠창살 속의 닭이나 동질의 나도 있다

발꿈치 끝에서 갈라지는 빛과 그림자
분기점 앞에 서니
선택의 여지도 없이 선정된 길이 보인다
억눌린 심장을 다둑거리다가 억척이 되었고
돌연변이의 공작은 날개를 활짝 폈다
박쥐 한 마리가 동굴 밖 밤하늘을 날고 있다

휠체어를 타고 있지만 나는 꿈을 꾼다
별것 아니야
산다는 거
호킹 박사가 웃고 있다

장돌뱅이

– 5일장터에서 –

비어있던 장터
초여름의 아침은 일찍부터 자리다툼으로 부산하다
목좋은 자리는 장돌뱅이들의 텃밭
아우성 속에서도 질서가 성립되고
좌판대 위로 펼쳐보는 업보

진열의 사역을 끝낸 사람들은 부채속으로 땀을 삭이고
고요가 깃든 아침나절은
할머니들의 보따리에
산나물 몇 가지와 종이상자 속의 강아지 몇 마리로 구색이 갖추어진다

강아지의 머리를 쓰다듬다가
고향 사립문짝에 걸어둔 누렁이의 목줄이 생각났다
두고 온 것에 대한 미련은
채울 수 없는 인생의 숙제같은 것인가

경운기 소리가 투덜대는 쪽을 보니
포기배추가 가득하다
땀 흘린 농군들은 투박한 장사치가 되고
배추가 다 팔리면 저들 손에도 웃음이 올까
밀짚모자 사이로 걸친 해거름쯤에는
손에서 손으로 맞바뀌는 소주잔
취하면
내면의 바램 같은 건 애당초 없는 것인지도 모른다

가벼워진 짐 보따리 털면서
산허리를 돌아 내일은 영천장이련가?
돌면서 돌면서
인생 고갯길을 걷는다

수족관 속의 환청幻聽

"싹둑"

바다 한 모퉁이를 잘랐어

조각 난 바다

활어차에 옮겨 실었어

덤으로 물고기 몇 마리가 따라왔어

세상 나들이를 한다는 거야

한동안 멍했지

도시는 화려했고 오색의 불빛들은 별보다도 고왔어

연인들의 사랑 이야기도 들렸어

가슴은 콩닥거렸고

신이 난 강아지처럼 꼬리를 퍼덕거렸어

사람들과의 눈빛 교환에는 묘한 감정이 왔어
이상한 생각이 들어 후딱 등을 돌려보지만
도망갈 곳이 없네
혼탁한 수족관 속의 이야기로
유리 벽 사이에 끼인 지느러미를 흔든다
산소 공급기 앞에서 숨을 헐떡이다가
이끼 낀 비늘로 아가미를 껌뻑인다

툇마루 문지방에 어깨를 기대고 있는 엄니가 생각났어
알래스카의 심해에서 연어가 돌아온다는 소식을 들었어
비릿한 바다 냄새
뜰채를 든 사내의 절벅거리는 장화소리가 들렸고
환청일까
부활절이 생각나는 날이었어

더덕

시골 오 일장터
길바닥에 자리를 펴고 더덕 몇 뿌리를 팔고 있는 할머니
산에서 아들이 캐어 왔다고
한 움큼 모아놓은 굵다란 더덕

“떨이요 떨이”
집이 재 넘어 있다고
버스 끊기면 걸어가야 한다고
애걸복걸
눈빛은 애가 마르고
더덕은 자꾸자꾸 시들어가고

옛적.
산나물을 머리에 이고 장으로 가던 엄마가 생각났다
"할머니 이거 모두 얼마여요"
검정 비닐봉지에 더덕을 쓸어 담으며
"젊은이 복 많이 받으우"
해는 중천이다
참 잘 샀다
국산 산더덕은 귀한 것

시장 한 바퀴 둘러보고 돌아오는 그 자리
할머니의 더덕은
아들이 산에서 캐어 왔다고 더덕이 또 한 움큼 놓여 있다
등 뒤에는
검정 안경을 낀 사내가 더덕 보따리를 지키고 서 있다

퇴근길

버스 정류장으로 가는 사잇골목
미닫이문이 조금은 힘겹게 삐걱거리는
목로주점
퇴근길은 어김없이 소주 한 병이 등장하고
아무도 보아주는 사람 없이
모서리 창가는 지정석이다

오늘따라 노을에 비친 창이 아름답다
동태탕의 얼큰한 국물이 겨울 추위를 녹이고
난로 위로 김이 새고 있는
노란 주전자는 밑창부터 그을음을 태운다

간혹 주모의 통탕한 곁눈질로 농익인 취기가 흔들거리면
정년을 두고
절망 같은 현실로 아득해하다가
문득 그리운 생각들이 술잔에 빠진다

어둠살이 낄 때쯤은
골목밖에 서서 담배 한 모금으로 하늘을 보며
하나
둘
잊고 살아온 별을 헤어 본다
별 이야기를 해주던 그 아이는 어디에 있을까

혼자서 돌아보는 여유로움도 잠시의 낭만이다
궁색한 변명으로 옷깃을 훔치고
만원버스에 술 냄새는 어쩌나?
집 앞 아파트 불빛 앞에서는
흔들림도 멈추고 옷맵시를 고친다

습관처럼
우리는 평생을 이렇게 살아간다

파지 줍는 할머니

파지를 줍는 할머니
꼬부라진 키보다 높은 종이 뭉치를 손수레에 담고 있다.
키가 모자라서 끈을 묶지 못하다가
억지로 삐딱하게 매듭을 짓는다.

고물상으로 가는 길
파지의 높이만큼이나 무겁게 살아온
주름으로 만들어진 골목길을
손수레에 매달려 허리도 펴지 못하다가
저울에 파지를 쏟으며
지폐 몇 장으로 실 같은 웃음을 짓는다

연탄 두 장을 사서 언덕을 오르니
단칸방
부엌이랄 것도 없는 남루한 살림살이
듬성듬성한 이빨 사이로 컵라면의 면발이 빨려 들어간다

문지방에 앉아 하늘을 보다가
삼 년 전 몸도 성치 않게 집을 나간 아들 생각이 났고
미지근한 아랫목
누더기가 된 이불 밑에는 쌀밥 한 그릇이 따스하게 숨겨져 있다

오작교 애가哀歌

칠월 칠석
뭇사람들의 시선이 모인 견우와 직녀성
은하수를 사이에 두고 두 별이 빛난다

너무 애틋한 사랑 이야기

보고 싶은 마음에
돛대도, 삿대도, 나룻배도 없이
"까마귀야 까마귀야"
"다리가 되어다오"

사람들은 두 별의 사랑 이야기를 가슴으로 전하지만

"우린 뭐꼬"
밟힌 머리카락이 다 빠져버린 까마귀들이 쑥덕거린다
사랑을 위해
관중을 위해
까마귀들은 힘든 날갯짓을 하고 있다

3

꿈꾸는 크레파스

매미

매미가 울고 있는 능수버들
태양보다도 뜨겁게 맴맴거린다

무슨 소린지 모르겠다

심중의 한마디
나도 그렇게 울어 보았으면 좋겠다

발자국

눈이 내리는 날
무심코 뒤를 돌아보았더니
발자국 하나
나를 따라 왔다

또박또박
먼 길을 걸어 왔지

그런데 말이야
눈 속에 파묻혀 없어지는 거 있잖아

눈은 자꾸 내리고

이런 이별이 싫어서
오던 길을 되돌아가고 있었어
내리던 눈이
펑펑 웃었어

하얗게 나는 눈사람이 되었지

꿈꾸는 크레파스

노인이,
젊은이와 사랑에 빠진다
빨간 크레파스를 들고

날고 싶어도 날지 못하는 수탉이
지붕 위에서 길게 목을 뽑아 새벽을 깨울 때
엉킨 실타래를 풀며
혼돈한 머릿속의 비밀은 말하지 않기로 한다

그네를 탄다
언덕 너머로 숨은 무지개를 찾으려고
줄을 잡고 흔들어 보지만
되돌이표 음률
발돋움에는 한계가 있고
부엉이가 울 때는 쉬이 밤이 가지 않았다

엇갈린 웃음들이 인화지에 그려지고
탈춤을 춘다
사는 게 무엇인지
쳇바퀴 속을 달음박질하는 다람쥐

돌다가 돌다가
허리춤에 걸린 바지가 흘러내리는 것도 몰랐다
신장개업 풋말 앞에는
하늘을 향해 양팔을 흔들며 춤추는 풍선이 보이고

꿈은 이루어진다
언덕 위에 서서
깃발이 바람을 날리고 있다

보름달

버리고 또 버리고
얼마를 더 비워야 저 달처럼 둥실 떠오를 수 있는가

풀 한 포기 없는 밤하늘에 신기루의 이야기도 아닌데
저것은 내 심장의 망부석
나는 너가 될 수가 없고
휘영청
달은 혼자 외롭다

세속을 걸으며
비울 수 없는 삶의 여정에 발길을 돌린다
바라보기만 해도 좋은
저 달

이룰 수 없다고
밤을 새워 부엉이가 울었고
오를 수 없는 높이를 생각하다가
우물가로 가서
물 위로 비낀 달을 두레박으로 올리고 있다

목로주점

노을로 익어가서
목줄기에 이르는 붉은 강이 되곱네

서로가 알 수 없는
너 앞에서
별것 아닌 서정으로 사위어 가며

이따금씩 그리우면
어설픈 사랑 이야기로 나마
눈여겨 본 주모酒母

사랑도 다한 것이 아니라
취하면
그저 붉게만 타던 울음이더니

마음도 다 못 타서
허질없이 타오르다 떠나는 것이네

뿌리

– 윤동주 시인을 생각하다가 –

나무는 물을 기억하고 있다
뿌리를 내려 물을 찾고
기원紀元을 거슬러 오르고
샘은 젖어 있어도 詩 한 줄은 목이 마르다

한 젊은이가 부르다가 죽은 노래는
연변 마을 외진 시비詩碑로 서 있고
아직 벗겨지지 못한 천쪼가리에 가려서
님은 홀로 외롭다
지조 높은 개가 새벽을 짖는다

나는 두레박을 내려서
우물에 빠진 하늘과 바람과 별을 건져 올리며
우물가에 서 있던 그 사나이가 그리워
두레박에 담긴 별을 헤아린다

왜인가
자꾸자꾸 서러워지는 그 사람

하늘을 우러러 한 점 부끄럼이 없다고
별 하나의 사랑에 가을이 가고
산모퉁이를 돌아서니
사슴 한 마리가 뒤를 돌아본다

눈 내리는 밤

억만년 전에도 눈이 내렸고 오늘 밤도 눈이 내린다
사랑은 눈 속에 묻혀 잊혀져 가고
잊어야 한다는 것으로
외투의 어깨 위에도 눈이 쌓인다

발자국 몇 개 찍어보는 정류장에는 막차도 떠났다
신호등 앞에서 기다림이라는 인내를 배워보지만
흩어진 발자국을 뒤로하고
스치는 헤드라이트의 불빛 속으로 눈은 쉼 없이 내린다

누군가 부르는 소리가 있을 것 같은데 뒤를 돌아보지 않았다
성당의 벤치가 외등 아래로 보이고
마리아상 앞에서 기도하는 수녀의 합장을 보면서
사람들은 저마다의 숨겨둔 이야기가 있을 것인데
고해성사라는 것에는 어떤 비밀이 있을까

만약이라는 의문을 말하고 싶지만
아파트의 불빛들이 꺼져가는 시간이다
풍경이 되어 걸어가는 적막의 거리
눈은 지금도 내리고 있지만 억만 년 후에도 내릴 것이다

대문

살짝
조금만 대문을 열어 두겠습니다

누군가가 조용히 왔다가
마당을 한 바퀴 돌고
우물가로 가서 두레박을 내려
물 한 모금 마시고
툇마루에 앉아 달빛도 조금 쐬다가
정원 꽃밭을 둘러 향기로 비틀거리며
삐거덕
대문을 닫는 소리를 듣고
그때서야 비로소 빗장을 걸겠습니다

그리고
누군지 알지 못하는
그 사람의 흔적을 되짚어 보며 잠을 청하겠습니다

여지껏 잠겨있던 대문
조금만 열어 두었습니다

빈손

움켜쥐어야 할,
아무것도 없어

주름 사이 땟자국을 비누질을 하니
햇살에 반짝거리는 비눗방울
말갛게 하늘로 오른다

먼 길을 달려왔어

담장 모퉁이에 기대어 있는 빈 지게를 보면서
산다는 것에
흘러버린 시간을 바람인들 알까?
까치가 깃을 펴고
미루나무 끝으로 걸린 하늘

날자
날자
깃발을 흔들며

아, 자유여

가을 분실물

분실물 센터를 찾았다

방문을 꼭 닫고 있는데도
바람이 가슴에 스민다

잃어버린 것도 없는데
자꾸 뒤적여 보는
빈 주머니

가을이다

러닝머신 위에서

나는 뛰는데 세상은 제자리다
족적들을 뒤로 밀어내니 흔적도 없다

돌아보니 숨이 턱까지 올라왔고
땀이 빗방울처럼 떨어지는데
산다는 것에 이유를 알지 못했다

다람쥐가 쳇바퀴를 돌리고
괘종시계는 열두 번의 종을 울린다
시침의 앞과 뒤에 의문을 던져보지만

워킹 패드 위를 걸으며
자전하고 공전하는 지표 위라는 것을 알았을 뿐

결국이라는
외롭고 쓸쓸한 단어 하나만 남겼다

탈춤

자유로울 수 있는 것은
네가 나를 알 수 없는 데 있다

춤을 추자
만남이 모두 인연인 것을
손을 잡고
눈빛이라도 주고받으며
사는 것이 휘파람이 되고
울고 있어도 웃고 있는 돌개바람이 되어
사는 게 무언지

춤을 추자
덩실덩실
마주보는 사랑이 되어 웃어 보자

자유는 하늘에 있고

너는 나를 모르고
나도 너를 알 수가 없고

청춘

여왕벌을 쫓아서 하늘로 치솟는 벌떼들
공은 허공을 헤집었고
윙윙거리는 날갯짓으로
사내들의 거친 숨소리로 비상한다

상사병을 경험한 나는
검투사의 이글거리는 눈빛을 보내면서
곡선으로 굽는 공의 선율을 가늠하며
운동장 이쪽저쪽을 뛰어다닌다

죽도록 사랑하겠다는 사내에게서
공은 묘한 흥분을 보인다
속내를 알 수 없는 여자처럼
멋대로 날아다니며
잠시도 한 사내에게 머물지를 않는데
밀물과 썰물이 되어
좌우 앞뒤로 튕겨 다니고
격투기 선수들의 무자비한 몸싸움
쟁취의 본능으로 표출된다

광분하는 함성
치어리더의 휘청거리는 몸짓
화려한 폭죽이 터지고
골대 위로 치솟는 공의 온도는
대장장이의 망치소리 보다도 더 뜨거웠다
객석의 열기까지 합하니
제철소의 화덕이 따로 보이지 않는다

청춘
힘찬 발길질에 하늘로 솟아오르는 새

강 2

지랄!
끝이 없구먼

산 돌아 강은 굽이치고
모래펄에 누우니 억새풀 사이로 고추잠자리
노을이 참 아름답다

이렇게 누워 잠들고 싶은데
그리운 이름들이 강물로 출렁인다

살면서 채우지 못한 빈가슴
절뚝거리며 걷고 또 걷는다
끝은 어디인가
갈대 숲 사이로 물새의 날갯짓

산굽이만 돌면 갯벌이 있고 바다가 보인단다
강은 무작정 흐르고 있다

이유

사랑을 주고 싶다는 것은
사랑을 받고 싶다는 외로움이 있다

내가 사랑한 여인을 아프로디테로 명名하니
무지개가 뜬다
너를 보면서 행복할 수도 있다는 것으로
나는 바다에 쪽배를 띄운다

사람을 좋아하는 데는 이유가 없다고
너로하여 맑음을 말하다가
오늘은 비가 내린다

이유없이 나는 너가 될 수는 없고

사랑을 받고 싶다는 것은
사랑이 그리워지는 외로움에 있다

4

꽃들의 반란

그림
송시연

장미의 가시

장미
당신을 정열의 꽃이라고 했나요
꽃은 붉게 타고

왜
내게는 유혹만 날리나요

"유혹은
이루어짐을 전제로 향을 날리는거야"

속은 타고
말도 못 하고

아무리 좋아도
나는 가시
"너를 안아 줄 수가 없잖아"

당신을 지키는 것으로 사랑이 되나요

봄이 오면

봄이 오면
가장 먼저 피는 꽃을 찾아
너에게 주고 싶다

꽃이파리에
"사랑해~"하고
향기라도 묻혀 너에게 주고 싶다

아침을 타고 달려오는 햇살에
편지 한 통,
기다림도 꽂아 놓고
지나가는 우체부에게
"고맙습니다"하고는 하늘을 보고
심호흡도 하며
손도 흔들어 보이며
나이가 들어 이제야 철이 드는지
당신 앞에 넉넉히 웃어도 주고

봄이 오면
가장 먼저 피는 꽃을 찾아
너에게 주고 싶다

봄 풍경

아기가 웃고 있어
방긋~
봄마중 가자고

햇살이 따스한 거실 바닥에
물감통을 엎질러 놓고
손바닥을 첨벙대며 그림을 그렸네

박수를 치고 있었지
얼굴이 천연색이 되었어
꽃이 피었어
방글방글~
아기를 따라 엄마도 활짝 꽃이 되었다

담장 모퉁이에 홀로 핀 매화

베란다 안쪽을 기웃거리다가
아
봄날이 저 곳에 머물고 있네

할미꽃

태어나서 할 일 다 못하고
나는 하늘을 볼 수가 없다

죄목은
꽃으로 피어 꽃이 되지 못한 것이다
하얀 매화
벚꽃, 진달래까지
그대들 앞에 할 말이 없다

추운 겨울을 녹이고
사람들은 꽃 앞에서 웃지만
등은 휘고
자꾸자꾸 꼬부라지고,
아무도 보아주는 이 없는 산비탈 무덤가

엄마~
부르는 목소리도 꼬부라져 있다

낙화落花

지는 것에도 아름다움이 있구나

가로街路에 날리는 낙엽을 보다가

어쩌란 말이냐

지는 것은 낙엽만이 아닐 텐데
스치는 것은 인연이 아니라고
꽃이 피는 봄날보다
돌아서 가는 뒷모습이 아름다워야 한다고

만남보다 고운 작별
손을 흔들고 있다

가시꽃

저녁상에 둘러앉아
아내와 딸이 있는 풍경

딸이 물었다
만약 말이야
엄마는 다시 태어나도 아빠와 결혼할 거야?

응 그렇게 해야지
꼭 결혼할 거야

"담에는
내가 남자로 태어나고
아빠는 여자로 태어나고"

가시가 되어 나를 흘기다가
활짝 웃는다

석류가 터질 때

결국은 터졌다
속을 뒤집고
무슨 할 말이 그렇게 많은지

적당히 살면 될 일도
갈래갈래 찢어진 껍질

할복이다

속을 들여다보니
파편들
피멍으로 이글거리는 눈동자

분노는
태양보다 뜨겁다

고목에도 꽃은 피고

– 어느 老음악가의 행진곡 –

봄이 가고
가을 겨울도 가고
세월은 계절을 날리고
천 년 고목은 담장에 어깨를 기대어 혼자 외롭다

지붕 위에서 가을 햇살로 뒹굴고 있는 늙은 호박은
누렇게 풍경이 되어
솔개 한 마리가 창공을 맴돌고
가시덤불 속에서 총총거리는 꿩은 하늘만 본다

아직은 살아있다는
무한 희망으로 인내 되어온 먼 여정旅情의 종착지

피아노의 경쾌한 리듬이 흥얼거리는 재즈로 들리고
무대 위에서 우아하게 댄스가 출렁인다
감미로운 노랫소리
휘영청 달은 밝아
신기루의 이야기가 아니다

담장에 어깨를 기대고
고목에 꽃이 피는 어느 봄날

매화꽃이 필 때

어무이 오셨습니까
뵌 지가 일 년이 되었는데
만발한 꽃웃음을 가슴에 담습니다
10년 전에 어무이가 심어신 매화
해마다 봄단장을 하고 오는데

못내 그리움이 되어
꽃망울이 맺힐 때 동생에게 전화를 했어요
어무이가 오신다고
장남인 나보다도 동생이 어무이를 더 좋아했지요

동생은 매화꽃에 향기를 더했고
나는 매화꽃을 보고 있습니다
이쁜 꽃향기가 아지랑이가 되어
어무이 하고 불러 봅니다
새 한 마리가 꽃가지 위에 앉아 노래를 하고
눈을 감습니다

꽃은 피었다가 또 질것인데
그리움이라는 것은
보이지 않는 사람의 향내라고 하네요
나이가 들어서도 메아리 되는 이름 하나
매화꽃 가지에 달려

아~
이 꽃 지면 어쩌나

*어무이: 어머니라는 경상도 사투리

너울이 된 사랑

사람을 좋아해 보았는가

담장 너머로
가을을 스케치하다가
헛간 위의 넝쿨이 되어버린 사내

너 아니면 아니라는
인연을 두고
벽이라는 것이 선을 긋는다

우산도 없이
비가 내리고 눈도 내린다

예쁜 옷이라고 아껴두다가
헌 옷 수거함에 넣어버린

사랑하는 일과 미워하는 일

신기루

홀연히 나타나서
내 앞에 서 있는

당신
눈이 부시다

이룰 수 없다는 것을 알면서도
한 번은 기대고 싶은

터벅
터벅
모래 위에 찍힌 발자국
흔적도 없어

너무나 먼 당신
낙타의 파열음이 바람을 일으킨다

깻잎 논쟁

젓가락에 찝힌
깻잎
너 하나면 돼

깻잎을 뒤적이며
사투를 벌이는데

“우산이 되어 줄게”
무심한 본능이 깻잎을 눌러주고

결별되는 깻잎을 보는
눈目과
눈眼들의 전쟁

의문점을 던지다가
아내의 눈치를 살핀다

세월 2

아내가 나를 부를 때

맑은 날은
내편
흐린 날은
남편(남의 편)

눈을 뜨면
하늘부터 본다

날씨에 눈치가 꼽히는 나이

고찰古刹에서

말 동무가 필요하던 날
혼자 찾은 산사山寺
그가 묻는다
너도 나이가 들었구나

어지러운 회상들이 흩날리고
낡은 기왓장 사이로 돋는 새순을 보면서
생명은 이렇게도 싱그러운 것인데
살아온 세월로
색이 바랜 기둥을 안으며 볼을 맞댄다
오랜 연민의 정
갈라진 틈사이로 삶의 깊이가 주름이 되었구나
허물어질듯 비스듬히 서 있는 담장 위로 해는 지고
어린 시절의 동무들이 그려진다

가슴이 젖어야 보이는 고향

군데군데 찢긴 문풍지를 보면서
디딤돌 위의 저 문지방
문고리를 당기니
삐거덕거리며 억지로 열리는 모양새에 웃음이 난다

도안동 감나무 집

그 집에는 풍경이 있다
어머니가 있었고
재 넘어 순이도 있었다
동무들,

산그림자는 노을이 되고
감나무 꼭대기 위에서는 까치가 울어
누군가의 손을 잡고 걸어보는
실개천을 넘어

내가 사랑했던 사람은
봄여름
가을 겨울로
저마다의 그리운 이름들을 불러본다

감나무 끝에는 계절이 오고
너는 나에게
발갛게
홍시가 되어 손을 흔들고 있다

5

앵무새 엿보기

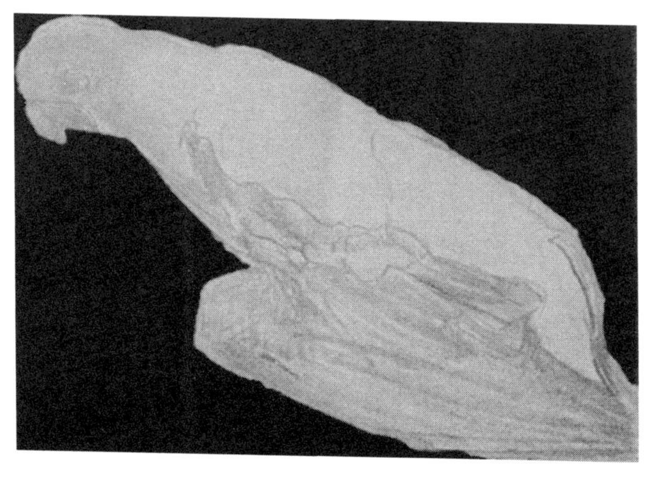

그림 송시아

투명인간

거울 앞에서 화장을 하다가 화들짝 놀란다
그림자가 없다
빗자루를 들고 구석구석을 쓸면서 흔적을 찾는데
잡다하게 쓰레기만 모인다
몹쓸 것이 수북하게 쌓여 저울질을 해도 무게가 없고
심각한 일이다

황당한 고민거리로 현관 문을 열면
밤
도시는 화려했다
건물들은 콘크리트 벽을 잘 포장하고
고급 마감재들로 번질거리는데
네온에 비친 그림자는 본질이 보이지 않는다
사실 나는 오랜 시간을 거울 앞에 서 있었지만
그림자의 존재를 잊고 있었다

중요한 것은
나이가 들어서야 주변이 보인다는 것인데
몸체에서 분리되어
어딘가로 떠돌고 있을 그림자

그림자를 만든다는 것은 실존을 증명해야 하고
동사무소도 업무가 끝이 난 금요일 저녁이다

못난이 삼형제

고개를 끄떡일 때마다
접고 있던 날개를 퍼덕인다
끄떡이는 소리는 힘의 근원이 되고

목각인형
날자
날자
기지개를 켜며 고개를 끄떡인다

"참 잘했어요"
못난이 삼 형제라는 비애는 무시해버리고
웃음을 던진다

눈이 내리는 날은
백지 위로 꿈을 펼칠 수가 있어서 좋았고
비가 내리는 날은
마른 정원에 피는 꽃으로 감사했다

보리밭 위에는 종다리 소리 푸르름이 더하고
눈 감으니 그리움 하나
끄떡끄떡
까딱까딱

카나리아의 비가悲歌

새장 문이 열리고
새는 조심스럽게 마룻바닥을 걸어 나온다
발톱으로 움켜쥘 아무것도 없이
미끈거리고 딱딱한 방바닥

노려보고 있던 괘종시계는 12시를 알리고
금방이라도 새를 덮칠 것 같다
은신처도 없이
설레던 자유는 첫걸음부터 불안이다

감추어질 아무것도 없이
빈 공간
날자
솟아오르는 날갯짓은 파닥거리다가 아래로 추락한다

퇴화된 깃털
새는 열린 새장 문을 본다

새장 안
다시 새가 보이고
카나리아의 비가悲歌가 들린다

까마귀에게

버림받고 배척받고
어두운 곳만 헤매는 새야

비라도 내리는 날은
사람들이 쏘아올리는 교만과 아집의 불빛 사이로
얼마나 많은 울음을 울어야 했는가

세상은 네가 정 붙일 곳이 아닌데
하늘은 너무 외진 곳에 있다

사람들의 생각이
너에게 미치지 않는다고
미워하지 말자

창공을 박차오르는 힘찬 날갯짓을 보고
때로는 비굴한 갈채를 보낼지라도

어둡고 외로운 곳만 헤매는 새야
우린 날자
날자
그냥 날자

자화상

얼씨구~
춤사위를 하다가 뒤를 돌아본다
지난겨울은 몹시 추웠고
한 쪽 귀가 얼었다

마비된 오른쪽 귀
왼쪽 귀로 소리를 모았고
중심이 흔들려 고개를 돌린다
시선은 오른쪽에 고정되는데
비틀거리는 걸음걸이
나는 앞으로 가고
시멘트 바닥을 옆걸음질하는 세상

얼굴을 정위치로 하니
감긴 왼쪽 눈
밸런스를 맞추니 풍경이 보인다
오른쪽은 눈이 오고
왼쪽은 천둥 번개가 쳤다

교차로에서 멈칫거리니
뒤에서 내뿜는 경적 소리
일방통행 길로 방향을 잡는다
썰물처럼 떼거리로 밀려가는 파도를 보면서도
붙잡거나 이별을 아파하는 사람도 없다
남은 한 쪽 귀를 막는다

아무도 나의 이름을 부르지 않았고
베란다 모퉁이
외롭게 피고있는 선인장 꽃 한송이

묵은지

밀실에서 나와
봄볕이 있는 촌집에서 만난 사내들
온몸이 절어 있고 세월 냄새가 난다
등진 세상에 삐친 여인네처럼
만나면 시큼하게 짠내가 되어 씁쓸히 웃음을 던지고 있다

한 입 "물컹"
입맛을 다지니 그리운 고향이다
깊은 맛에 보고픔이 있다고 해묵은 기억을 집어 들고
"묵은지"
촌스럽지만 오랜 벗이야

청춘은 사그라져 있고 밤새 비가 내린다
술잔은 휘청거리다가
빼꾸기 타령이 되고
날이 새도록 달거락거리며 구르는 바둑알 소리도 들린다

새벽은 해장국집 소주 한 잔으로 시작되고
돼지 뼈다귀탕 앞에 서서
"우린 꼽사리야"
묵은지가 이빨 틈에 끼어 웃고 있다

기침소리

웃고 있어도 눈물이 되어
마른 기침소리
흙 먼지가 일었고
술은 내가 마시는데 아내가 취한다

빈 병에 바다를 채운다
파란색이다
바다를 마시면 기침이 멈춘다고
윷판 위를 뒹굴며 "도" 아니면 "모"라고
백사장에 발자국을 찍는다

산다는 것이
"왜"냐고
쳇바퀴를 돌리는 일상인데

아내의 등을 두드려주며
아
내 사랑

쓸쓸히 詩 한 수를 남긴다

이즈러진 나의 우상

시집을 몇 번이고 읽다가 나는 녀석이 분쇄기에 쑤셔 넣었다는
열아홉 살의 기억들을 편의점의 진열장 구석에서 찾고 있었다
새벽녘의 한강을 빗자루질 하다가 눈이 녹는 개여울에서 버들
피리를 불며 봄날의 비눗방울을 날리던 녀석은 돋보기안경 깊
숙이 눈알을 굴리면서 돌멩이처럼 굴러다니는 언문과 영문의
낱자 껍데기를 줍고 있었다

거꾸로 매달린 물방울을 기억했지만
수술실에서 꼬리를 떼어낸 도마뱀처럼 몸부림이 되는 일상은
억지였다 그것은 순리라고 이야기할 수도 있지만 심중의 핏자
국을 긁어 안갯속에 던져버린 자만의 일부였다
눈이 내리는 날은 시인 몇의 종적을 지워버렸다고 하는데 동전
하나가 때묻은 지문을 만지고 있다

우상의 표본이 되는,
"이유 없는 반항"으로 녀석의 어깨는 늘 쳐져 있었고
조금은 심하다는 생각을 하면서도 보상할 하등의 이유를 찾
지 못했다

고서점의 책장 속으로 숨겨버린 동대구 야산의 해 질 녘과 막걸리 잔 속으로 타는 노을이 목줄기에 감긴다

절친 ○○시인의 공수거

앵무새 엿보기

숲을 잃어버렸다
새장 안
지저귀고 있다는 소리를 듣지 못했고
울고 있다고 한다

창너머로 하늘을 본다
갑질로 닫힌 철망
부리로 쪼아 보지만 한계다
모국어를 노래하다가 눈치를 본다
유전자의 변형
깃이 잘리고
외계인의 강의실을 엿보다가 읍소泣訴하는 모양새가 되어

새의
혓바닥이 꼬부라져 있다

종은 울려야 한다

1

시골 마을에서 5리쯤 되는
철둑길도 지나서
들녘을 따라 둑방 위를 걸으면
산비탈에 외진 십자가가 보이고
큼직큼직한 창문 사이로
교회당 안은 몇 안 되는 사람들이 모여
기도하는 모습이 보인다

강대상 측면에는 풍금 한 대가 서 있고
눈이라도 오는 날은
철길 위에서 기적소리도 들렸다

종이 울리고
종소리가 아름다웠던 옛적 기억이다

2

도심 여기저기 각이 있는 건물
한 채 건너 또 한 채
혼란스럽게 다툼으로 나열되어 있는 십자가
콘크리트 벽은 무뚝뚝했고
햇살도 침투하지 못했다
음모가 있나
갇혀있는 사람들은 창문마저 꼭꼭 닫고
강단을 향한 조명은
은은하게 혹은 빠르게 음향을 현혹하고 있다

카멜레온의 감미로운 혓바닥에
겨울은 때아닌 꽃바람이 흩어지고

종소리는 물론
종은 보이지도 않았다

3

촌락이나
도시나
어디에도 종소리가 들리지 않는다
변두리 이발소의 벽면에는
해 질 녘 들판에서 기도하는 부부의 풍경화가 보였고
행여나 종소리가,

사람이 교회다

산골 교회당의 녹슨 종탑에 걸려있는
노을은 아름다웠고
종탑 주위는 놀이터가 되어
술래잡기하는 아이들의 손에서
간혹
균형 잃은 종소리가 들렸다

종은 가끔 흔들렸지만
아무도 종소리를 듣지 못했다

파리

같이 먹고 살잔다
지지리도 더러운 곳만 살피다가
손도 씻지 않고 요것조것 간을 본다
헛기침을 몇 번 해도 눈치가 없다
두 다리 싹싹
구걸하는 형체에 비열한 냄새가 난다

날렵해서
젓가락 몽둥이 쯤은 우습게 보고
싹수도 없이
떼거리로 몰려와서 걸식이다
군중의 외침이라고 핑계가 걸작이다

자세히 보니
두 다리 싹싹, 용서를 비는 것이 아니라
x부스러기를 털고 있는 것인데
이놈 앉았던 자리
자세히 보니
알곡 보금자리만 뒤지고 있다

의사당 꼭대기가 둥지가 되나
파닥이는 날개에 거품이 인다

발가락 사이에 끼인 ×물
파리의 은신처가 ×통이라는 걸 알았다
파리채에 눈치가 꼽히고
창자 속에 모았다가 버린 x물이 내 것인 줄을
이제야 알았다

가까이하기에 너무 먼 당신

영화나 뮤지컬을 보면서
감동이나 분노를 속으로 삼켜야 하는,
극 중의 인물도 아닌 내게서
입장권 한 장으로 유혹이 날려
홍분의 도가니로 사람들을 손가락질하고 있다

벽보에 붙은 허울좋은 인물들
"나 아니면 아니야"

거리를 활보하며 탈춤을 추고있는 사람들이 보이고
빨강 노란 파랑으로
물들여진 인형들이 줄을지어 인사를 한다
노래소리에 놀라 비둘기가 날고 있다
세상 참 좋다?
입담에 쓸려 허하니 입을 벌리고 멍불을 때린다

해는 기울고
벽 모퉁이에 붙은 광고지에는
먼로의 묘한 웃음이 치맛자락을 감춘다

가까이하기에 너무 먼 당신들

소녀상

– 위안부 할머님께 드립니다 –

봉선화야
긴 여름날에 꽃이 된 아가씨야
그 해 여름은 무더위에 몸서리가 되더니
올해는 비가 내린다

발갛게
손톱에 핀 꽃물이 지고
낡은 편지지의 먹물도 퇴색이 되고
물안개처럼
울 밑에는 봉선화가 피었다

대청마루를 걸레질하다가 꽃잎을 본다
낙수되는 물방울은 눈물이 되누나
꽃이라고 부르기에
젖은 청춘이 너무 가련해

비는 내리고
우산도 없이
소녀상의 구겨진 치마에는 빗물이 고인다

무궁화 꽃이

허리춤을 조르며 보릿고개가 높았던 봄날,
아버지는 독일에서 땅굴을 팠고 형은 월남의 정글을 헤치고 총알을 피해 다녔다 고속도로에는 화물차만 다녔고 서울행 완행열차는 숨가쁘게 기적을 울렸다 구로공단의 굴뚝에는 연기가 피어 오르고
나는 무궁화 꽃씨를 들고 들판을 뛰어 다녔다

태평양을 건너온 미니스커트를 보면서 사내들의 심장이 강하게 뛰었고 구멍 난 청바지가 거리를 활보하며 불야성의 네온이 축배를 든다 웃음소리가 골목골목을 뛰어다니며 고층 빌딩은 하늘 높은 줄 모르게 솟아 올랐고 한강을 건너는 기적소리가 깃발을 흔들고 있다
무궁화 꽃이 피고 있었다

숨바꼭질하는 아이들의 등 뒤에 숨어 한 사내가 옥상에 올라 팔짱을 끼고 있다
오색 무지개를 잡으려고 북녘을 본다 구름 바다에 도술을 주문하고 손오공의 도움을 청한다 신기루가 보이고 혹한에 눈보라가 휘날리고 천둥 번개가 친다 피뢰침은 부러져 있다
무궁화 꽃이 시들고 있었다

신(神)은 없을 것이다
호킹 박사는 외계인을 찾아 손을 내밀고
신은 있었다
혼돈으로 땅이 갈라지고 바벨탑이 무너진다 파편들은 골리앗의 이마로 돌진하고 먼지 구덩이 속으로 경적이 끊어졌다 사람들은 말을 잃었고 언어가 파손된 땅에는 거대한 크레인이 해체되어 땅바닥에 갈라진다
무궁화 꽃은 지고 있는데 아무도 겨울을 보지 않는다

부두에는 떠나가는 배들이 보이고
나는 손을 흔든다
내 아들은 늙은 아비를 살리자고 멀리 타국으로 갈 것이다
그리운 노래
"돌아와요 부산항"이 축음기의 바늘에 끼여 끽끽거린다
무궁화 꽃씨를 찾아 꽃집을 기웃거린다

주홍글씨

절뚝거리며 숨 가쁘게 달려온 산야에는 개망초 꽃이 피어 있고
밤하늘의 별들은 너무 곱다
살아온 것들을 헤아려보니 달은 저만큼 혼자 외롭다
꽃이 지고
봄날도 가고
설렁거리는 갈대숲을 지나 강가에는 청둥오리 한 마리가 물 위에 있다

징검다리를 건너면서 아내와 내가 함께 할 수가 없다는 것으로 지독한 외로움이고 쓸쓸함이다
어깨너머로 아내의 가쁜 숨소리가 들린다
개구리 한 마리가 폴짝거리며 눈웃음을 주고

바람개비를 들고 강가를 달린다
부모님을 보낼때도 그랬고 아내가 몸져누웠을 때도 그랬다
눈물이 나면 하늘을 본다
마른 눈물 자국은 얼룩으로 남고
보아주는 사람도 없이 뒤태에는 거미줄로 얽혀 있다

아— 테스 형

너 자신을 알라고 절규하는 가수의 몸짓을 보면서

등짝과 가슴에 찍힌 주홍글씨는 지울 수도 없고

걸어온 길을 돌아보니 폭죽이 터진다

"하늘이 깨어지고 별이 떨어져요!"

아이의 기발한 발상에도 이상한 느낌표가 되어 씁쓸히 웃음

하나가 날린다

시평

전진식 시인의 시세계

-시집 <비탈길 사람들>

전진식 시인의 시세계

– 시집 <<비탈길 사람들>>

아내의 생일에 태극기를 게양하는 사람을 본 적이 있는가?
아내의 생일에 당당히 태극기를 게양하는 시인, 아내의 손톱에서 개망초꽃을 발견하는 시인, 그가 이번에 두 번째 시집을 상재 한다고 한다.
그렇다고 그의 시가 온통 감미롭기만 한 사랑 시만이 아니다. 그의 시 깊숙이 들어가면 변두리적 소시민들의 삶에 주목한 서사적 리얼리즘 시가 더 많다. 코로나 이후 거칠고 피폐해진 우리 사회현실, 평생을 피땀 흘려 바쳐온 소상공인, 자영업자들은 실패와 좌절로 문을 닫고 살기 힘들다고 아우성인 이 사회현상들을 도외시 할 수 없었을까?
아니, 처음부터 그의 시는 두보와 종영의 시론에 닿아 있었던 것 같다. 첫 시집에도 그러한 징후는 충분히 발견할 수 있었던 것이다.

이 두 번째 시집의 표제는 아예 <<비탈길 사람들>>이다. 어느 시가 그러하지 않은 시가 있을까마는, 오세영의 말처럼 별을 노래했다고 별만의 시일 수 없듯 인간의 정서로 노래했기에 인간의 문제, 삶의 문제, 인생의 문제가 아닐 수 없겠지만 유독 전진식 시인의 시는 더욱 그러하다. 인생 탐구랄까?
이 안타까운 사회현실 앞에 “사는 게 뭔지”를 몇 번이고 되뇌는 시인의 시선이 소시민의 삶의 고통에 주목한 것도, 아버지 어머니의 삶에 주목한 것도
소외계층, 그들이 삶의 고통에서 벗어날 수 없을까를 고뇌했던 것 같다.
연대 의식을 불어넣으며 전 인격적으로 투신하여 시를 쓴 듯하다. 70년대만이 민중시가 유효했던 것만은 아니다. 그의 시 〈탈춤〉에서 70년대 신경림의 〈농무〉가 어른거린다.
그는 “탈춤을 추자”고 한다. 최소한 그의 시에서만은 변두리적 소시민의 아픔을 단순히 밖에서 바라보기만 한 게 아니다. 그들을 내려다 본 건 더욱 아니다. 스스로 그들 속에서 확실한 연대 의식, 동류의식을 보여 주고 있다. 그래서 그는 “서로 손을 잡자”고 한다, “눈을 마주 보고 눈빛을 맞추자”고 한다. 탈춤을 넘어 ‘날자’고 한다. 그 고난의 단순한 한풀이가 아닌 탈출을 꿈꾸고 있다.
그럼 그의 시 속으로 들어가 보자

1. [아버지의 지게], 그 삶의 무게

> 딸아이를 시집보내면서 지게에 태웠고
> 어머니를 지게에 뉘여

재 넘어 공동묘지도(로) 갔다
돌아오는 지게는 가벼운 것이 아니라
무덤을 지고 비틀거리는 것이다
지게는 평생을 아버지의 등에 업혀 다녔다

아버지가 사랑한 지게

나이가 들고
이제야 지게가 내 것인 줄 알았다
-시, 아버지의 지게 전문-

지게, 여기서의 지게는 짐을 나르는 지게이기도 하기만 인생의 무게, 가정의 가장으로서의 책임을 상징하기도 한다. 아버지의 지게를 읽는 독자는 가슴이 찡하다. 어머니를 공동묘지로 지고 간 지게가 돌아오는 길은 가벼운 것이 아니다. 무덤을 지고 돌아오니 더 비틀거릴 수밖에, 그러한 '아버지의 지게가 이제 내 것인 줄 알았다'는, 이 깨우침의 시는 인생의 무게가, 가장의 책임이 이리도 무겁구나 하는 것을 스스로 깨우치고 있다.
왜 그리 무거웠을까?
다음 시를 보자

종아리에 붙어 떨어지지 않겠다는 거머리가 있다
땅바닥에 팽개치니

마른 햇살에 꿈틀거리다가 기어서 도망가는 모양이 억척이다
그랬다
피라미드나 만리장성의 불가사의한 전설에도
이면을 보면
노역꾼들의 종아리에 거머리 모양의 힘줄이 구부정하게 붙어 꿈틀거린다
힘들고 외로운 인생길

비가 오려나?
일당은 하늘에 맡겨놓고
새벽부터 종일을 망치질 소리로 홍을 달래면서
외줄을 타고
무거운 거푸집의 틈을 비집는 목수들의 애가哀歌나
철을 엮으며
장철의 출렁거리는 장단에 비틀거리는
공사판의 땀방울이 쇠꼬챙이에 걸려있다
시장 바닥에서 허리를 꼬부린 어머니가 생각났다
-비탈길 사람들 中에서-

이 시 역시 변두리 적 소시민들, 일용직 노역꾼들의 이야기다. 제목부터가 비탈길 사람들이다.
"일당은 하늘에 맡겨놓고/새벽부터 종일을 망치질 소리로 홍을 달래면서/외줄을 탄다"고 한다. 위험한 건설 현장에서 새벽부터 종일 망치질을 하면서 외줄을 타는 위험한 일을 하는 일

용직 노역꾼들을 바라보며 만리장성을 쌓던 노역꾼들을 떠올린다. 온몸의 힘을 다리로 버틸 적에 생기는 힘줄을 떠올리며 종아리에 붙어 있던 그 거머리 같은 핏줄의 모습으로 일평생을 살았을 것이라고 얼마나 그 외롭고 슬픈 인생길이었을까를 상상하며 시장 바닥에서 허리를 꼬부리고 야채를 팔던 어머니를 떠올린다. 시적 화자는 애닯게 사신 어머니 아버지의 힘겨운 삶에 대한 아픈 그리움 때문에 더 변두리적 소시민의 삶에 주목하는지도 모르겠다.

> 언덕을 오르면서
> 휑하니 지나가는 승용차의 바퀴에서 매캐한 흙냄새가 날린다
> 숨은 턱까지 올라왔고
> 누렇게 금이 간 콘크리트의 벽면을
> 손톱으로 긁으며
> 담장에 붙어 있는 담쟁이
> 삭풍에
> 평생을 남의 집에 빌붙어 있다
> -비탈길 사람들의 종장-

숨이 턱까지 올라오도록 종일 언덕을 올라야 하는 비탈길 사람들의 삶, 삶이란 늘 언덕을 오르는 고통이고 고달픔이었다. 그런데 번쩍거리는 승용차는 매쾌한 흙냄새 풍기며 아랑곳 않고 옆을 지나간다. 그 초라함 그 견딜 수 없이 대비되는 삶이

여, 그래서 더 초라하고 더 서러웠으리라. 그렇게 열심히 살아도 저 담장에 붙어 있는 담쟁이처럼 평생을 제집 하나 마련 못하고 남의 집에 빌붙어 있다고 한다.
인생이 무엇인가에 대해 더 천착하게 되었을지도 모르겠다. 이렇게 힘겹게 평생을 살아야 하는지 그 안타까운 마음을 지울 수가 없었던 듯 하다.

2. 공동체 의식

때가 되면 떠날 줄도 알아야지
눈을 뜨고
출근하는 아내를 못 본 채 모로 누워 다시 눈을 감는다
혹여 잠이 깰까나 살포시 문을 닫는
아내의 뒤태에는 흰 머리카락이 날리고
머리맡에 던져진 만 원짜리 지폐 한 장은 일당의 한 조각이다

공짜 지하철도 쉰내가 나고
친구 주머니를 털어(낸) 대폿집 냄새도 이골이 난다
국수 면발을 앞니로 끊다가
시장 바닥에 내동댕이쳐진 발자국을 본다
질퍽한 세상 냄새가
왜 이리도 눈물이 되나
-비탈의 정년 종장-

이 시는 생의 낙오, 변두리적 인생의 삶을 눈물 나도록 리얼하게 그려내고 있다.
“애착 같은 것도 없는데 너무 길게 매달려/ 삶이 구걸 되는 모양새다.”
“눈을 뜨고/출근하는 아내를 못 본 채 모로 누워 다시 눈을 감는다”
시적 화자는 누워있고 아내는 밥벌이를 위해 오늘도 일찍 출근을 한다. 머리맡에 눈물 같은 만 원짜리 한 장을 놓고 나가는 아내의 머리도 흰 머리다. 아내도 시적 화자도 같이 늙었으나 그래도 아내는 다행이 일자리가 있나 보다.
남자가 밥벌이를 해야 가장으로서 당당할 것인데 아내에게 의지 되어 있는 이 처지가 미안하여 아내에게 잘 다녀오라고 인사도 못하고 차라리 자는 체를 하는 가련한 현실이다. 그래서 시의 첫머리에서 “때가 되면 떠날 줄도 알아야지” 하고 이승에 살아 숨 쉬는 것조차 아내에게 미안함을 표출한다. 그래서 ‘어서 가야지’를 독백하는 것이다.
친구가 사주는 대포도 공짜 지하철도 한두 번도 아니고 화자의 양심에 다 힘겨운 슬픔이요 서러움이다. 시속의 “시장 바닥에 내동댕이쳐진 발자국”은 세상에 버림받은, 곧 시적 화자 자신의 처지요 모습이다. “질펵한 세상 냄새가/ 왜 이리 눈물이 되”지 않을 수가 없는 것이다.
작금의 우리 사회 현실은 살기가 다들 어렵다고 하고 거리마다 닫힌 가게 문들을 보며 실감한다. 어느 한 가정이 아닌 얼마나 많은 가정이 이러한 처지에 놓여 있을지 얼마나 많은 무기력한 가장들의 고통이 숨조차 못 쉬고 있는 건 아닌지 이 시가 속 깊게 대변하고 있는 것이겠다.

버스 정류장으로 가는 사잇골목
미닫이문이 조금은 힘겹게 삐걱거리는
목로주점
퇴근길은 어김없이 소주 한 병이 등장하고
아무도 보아주는 사람 없이
모서리 창가는 지정석이다

오늘따라 노을에 비친 창이 아름답다
동태탕의 얼큰한 국물이 겨울 추위를 녹이고
난로 위로 김이 새고 있는
노란 주전자는 밑창부터 그을음을 태운다

간혹 주모의 퉁탕한 곁눈질로 농섞인 취기가 흔들거리면
정년을 두고
절망 같은 현실로 아득해 하다가
문득 그리운 생각들이 술잔에 빠진다

어둠살이 낄 때쯤은
골목밖에 서서 담배 한 모금으로 하늘을 보며

하나
둘
잊고 살아온 별을 헤어 본다
별 이야기를 해주던 그 아이는 어디에 있을까

혼자서 돌아보는 여유로움도 잠시의 낭만이다
궁색한 변명으로 옷깃을 훔치고
만원버스에 술 냄새는 어쩌나?
집 앞 아파트 불빛 앞에서는 흔들림도 멈추고
옷맵시를 고친다

습관처럼
우리는 평생을 이렇게 살아간다
—퇴근 길—

일상이 되어 버린 퇴근 시간의 한 장면을 리얼하게 그려낸 이 시는 희망 하나 없는 변두리적 소시민의 초라한 모습이다.
내면적 고독과 삶의 애환, 그리고 허무를 드러내는 시라 할 것이다.
위 시는 곽재구의 〈사평역〉에서를 떠올리게 하기도 한다.
"절망 같은 현실로 아득해 하다가/ 문득 그리운 생각들이 술잔에 빠진다/ 어둠살이 낄 때쯤은/골목밖에 서서 담배 한 모금으로 하늘을 본다"고 한다.
"아무도 보아주는 이 없는 /모서리 창가는 지정석이다" 보아주는 이 없는 모서리 창가란 어쩜 남의 눈을 피해 의식적으로 구석진 모서리 창가에 앉은 것이겠다. 이렇게 소외 의식에 휩싸여 당당하지 못하고 초라하고 주눅 든 그들도 집 앞 아파트 불빛 앞에서는 옷깃을 훔치고 옷맵시를 고친다. 가족에게만큼은 흔들리는 내면을 들키지 않으려고 안간힘을 쓰는 것이다. 어쩌면 그것이 더 안쓰럽기까지 하다. "습관처럼 우리는 평생을 이렇게 살아간다"고 한다.
공동체 의식, 시적 화자도 이 시속의 한 사람임을 드러내어 객관화를 띤다. 또 이 결연의 한 마디, 무엇보다 평생 희망도 하나 없이 이렇게 살아왔고 살아갈 것이다.라는 저항적 내면 의식이 더 강하게 느껴진다.

3. 좌절과 허무를 넘어 크레파스의 꿈을 꾸다

[빈손]

움켜쥐어야 할,
아무것도 없어

주름 사이 땟자국을 비누질을 하니
햇살에 반짝거리는 비눗방울
말갛게
하늘로 오른다

먼 길을 달려왔어

담장 모퉁이에 기대어 있는 빈 지게를 보면서
산다는 것에
흘러버린 시간을 바람인들 알까?

까치가 깃을 펴고
미루나무 끝에 걸린 파아란 하늘
날자
날자
깃발을 흔들며
아, 자유여

"먼길을 달려왔어"
"담장 모퉁이에 기대어 있는 빈 지게를 보면서 /산다는 것에 / 흘러버린 시간을 바람인들 알까?"라고 허무감을 표출한다.
평생을 잘살아보겠다고 하고 싶은 것 쓰고 싶은 것 참으며 오직 성공을 위해 열심히 앞만 보고 뛰었으리라
그 먼 길을 열심히 최선을 다해 살아왔으나 지금 돌아보니 빈 지게, 남은 게 없다는 것이다.
지금 아무것도 남은 게 없으니 결국 그동안의 내 살아온 시간은 아무것도 아닌 것이 되는 것이다. 그러니 바람인들 알겠느냐? 그 시간들이 다 무화되어버린 이 참담한 현실을 이 허무

를 어쩌지 못해 그저 허탈해하는 것이다.
그래 이제 그 모든 것에서 차라리 벗어나자고 한다.
그의 시에서 "날자"는 현실 세계에서 벗어나고픈 욕망을 상징한다. 자유와 자아 추구의 표출이요 답답하고 복잡한 현실 세계에서 벗어나고픈 욕망의 표출이다.
평생을 열심히 뛰었으나 아무것도 남아있지 않다는 실패와 좌절 속에서 벗어나고픈 욕망
사회적 외부적 제약과 상황에서 온 실패와 좌절에서 벗어나고픈 욕망, 자신의 무력감에서 벗어나고픈 욕망의 표출이다.
그의 시 〈빈손〉이 그렇고
그의 시 〈비탈의 정년〉에선 약간의 결은 다르지만 "때가 되면 떠나야지"라고 첫 연에서 한 그 눈물 같은 직설적이고 독백 같은 표현이 그러하다.
그래서 그는 그의 시 〈매미〉에서 매미처럼 누구의 눈치도 안 보고 마음 놓고 종일 울어도 보고 싶은 것이다.

자유로울 수 있는 것은
네가 나를 알 수 없는 데 있다

춤을 추자
만남이 모두 인연인 것을
손을 잡고
눈빛이라도 주고 받으며

사는 것이 휘파람이 되고
울고 있어도 웃고 있는 돌개바람이 되어

사는 게 무언지
춤을 추자
덩실덩실
마주보는 사랑이 되어
웃어 보자

자유는 하늘에 있고
너는 나를 모르고
나도 너를 알 수가 없고
-탈춤-

왜 필자는 시인의 탈춤을 읽고 신경림의 <농무>를 떠올렸을까 민중시는 70년대 신경림의 시 농무 계열의 시에서 주류화 되었다. 아무래도 전진식 시인은 신경림의 시 계보를 따르고 있는 듯하다. 신경림은 <농무>에서 "답답하고 고달프게 사는 게 원통해서 꽹과리를 앞세워 장거리를 나서면 쇠전을 거쳐 도수장 앞에 와 돌 때 점점 신명이 나서 고개짓을 하고 어깨를 흔든다고 하는데 전진식 시인은 사는 게 뭔지 눈빛이라도 주고 받으면 휘파람이 되고 울고 있어도 웃고 있는 돌개바람이 되어 춤을 추자고 한다. 덩실덩실 마주 보는 사랑이 되어 웃어 보자고 한다. 삶의 애환을 이렇게들 역설적으로 표출하고 있다..

이 견딜 수 없는 울분, 답답한 사회 현실, 네가 나를 아냐고?
힘겹고 답답한 현실, 헛한 말로만 떠드는 소위 지도자들과 위정자들, 너희들이 우리의 힘겨움을 아냐고
삶의 고통, 애환에 대한 한풀이를 해 보고 싶은 욕망을 표출하고 있다 하겠다
어느 비평가는 진정한 시인은 절명시를 써야 한다고 했고 앞에서도 말했듯 중국의 종영은 그의 비평서 [문심조롱]에서 시인은 인민의 고통을 드러낼 줄 알아야 한다고 했다.
시인 전진식 님의 시가 그러하다. 절명시라 할 만큼 그 간절한 마음을 시로 표출하였고 소시민, 그들의 고통을 드러내고 있다. 시적 화자가 울고 있는 변두리 계층, 그 속의 한 사람이 되어.

"만남이 인연인데/ 손을 잡고 춤을 추자"고 한다.
관계 유대, 사회공동체적 정신을 보여 준다.
코로나 이후 현실은 너무나 힘겹고 어려운 삶을 살아가는 소상공인, 소시민들로 가득한데 이러한 실정을 도외시하고 제 밥그릇 싸움만 하는 한심한 저들, 이 암담한 사회 현실 속 소시민들의 울분을 역설적으로 잘 표출하고 있다 하겠다.
신경림의 농무를 떠올리게 하는 이 시는 돌아온 민중시로 읽혀도 좋으리라

그러한 그가 이제 대문을 열겠다고 한다. 다음 시를 보자. 왜 대문을 여는가?

살짝
조금만 대문을 열어 두겠습니다

누군가가 조용히 왔다가
마당을 한 바퀴 돌고
우물가로 가서 두레박을 내려
물 한 모금 마시고
툇마루에 앉아 달빛도 조금 쐬다가
정원 꽃밭을 둘러 향기로 비틀거리며

삐거덕
대문을 닫는 소리를 듣고
그때서야 비로소 빗장을 걸겠습니다

그리고 누군지 알지 못하는
그 사람의 흔적을 되짚어 보며 잠을 청하겠습니다
여지껏 잠겨있던 대문
조금만 열어 두었습니다
-대문-

이 시는 꽃잎보다 더 고와 독자의 가슴이 한참을 멍해지다가 제자리로 돌아온다.
대문을 열어 두겠다는 것은 세상과의 소통이요 이웃과의 정을 나누겠다는 것이다

본시 우리는 사립문도 없이 마을 공동체로 서로 믿고 도우며 살았다. 서로 나누며 살았던 우리네 인정은 삭막하고 거칠기만 한 세상이 되어버린 지 오래다. 앞집에서 불이 나도 모르는 세상, 이 몰인정한 사회에 대문을 열어 두겠다고 한다. 이제 베풀고 살겠다는 뜻이기도 하겠다. 누군가 조용히 와서 마당을 둘러보고 물 한 모금 마시고 꽃밭의 향기로 비틀거리며 대문을 닫고 나가는 소리를 듣고서야 잠을 청하겠다고 한다. 이 얼마나 아름다운 마음인가. 불교철학, 자비의 실천이다. 아무도 보지 않는 밤에 그러겠다고 한다. 여러 시선이 보는 낮이 아닌 밤에 그러겠다고 한다. 민망해할까 봐, 부끄러워할까 봐, 그것까지 배려하는 마음, 이는 연꽃보다도 아름다운 마음이다.
내가 그러면 너와 나 우리가 그러고, 우리가 그러면 동네가, 온 사회가 그렇게 되지 않을까? 그런 아름다운 인정이 충만한 꽃밭 같은 세상을 독자도 꿈꾸어 본다.
그런 세상이 무릉도원이요 사람 사는 참 세상이 아니겠는가. 상상만 해도 흐뭇하다.

노인이,
젊은이와 사랑에 빠진다
빨간 크레파스를 들고

날고 싶어도 날지 못하는 수탉이

지붕 위에서 길게 목을 뽑아 새벽을 깨울 때
엉킨 실타래를 풀며
혼돈한 머릿속의 비밀은 말하지 않기로 한다

그네를 탄다
언덕 너머로 숨은 무지개를 찾으려고
줄을 잡고 흔들어 보지만
되돌이표 음률
발돋움에는 한계가 있고
부엉이가 울 때는 쉬이 밤이 가지 않았다

엇갈린 웃음들이 인화지에 그려지고
탈춤을 춘다
사는 게 무엇인지
쳇바퀴 속을 달음박질하는 다람쥐
돌다가 돌다가
허리춤에 걸린 바지가 흘러내리는 것도 몰랐다

신장개업 풋말 앞에는
하늘을 향해 양팔을 흔들며 춤추는 풍선이 보이고
꿈은 이루어진다
언덕 위에 서서
깃발이 바람을 날리고 있다
-꿈꾸는 크레파스-

크레파스는 원하는 그림을 얼마든지 쉽게 그릴 수 있는 도구가 아닌가.
크레파스라면 하늘에 뜨는 우리가 잡을 수 없는 무지개도 쉽게 그릴 수 있다. 노인이 젊은이와 사랑에 빠진 그림도 얼마든지 그려낼 수 있다.
그러나 지금, 우리의 사회 현실은 어떤가.
경제는, 법보다 밥인, 먹고 사는 문제가—<법보다 밥>
노인이 젊은이와 사랑에 빠지는 문제만큼 어렵고 회복 불가능한 작금의 사회현실이다.
응급 처방전 25만원으로 끊어진 혈맥을,
멈추어 가는 숨통을 이을 수 있느니 없느니,
싸움질로 난장판이 현실을 보면 일생을 바쳐 열심히 뛰어보지만 잡을 수 없는 저 멀리 떴다가 사라지는 무지개 같은 허망함 뿐이다.
그러니 탈춤을 출 수 밖에
늘상 쳇바퀴 도는 다람쥐 같은 일상이지만 "허리춤에 걸린 바지가 흘러내리는 것도 모르"도록 열심히 산 시인이여, 이제 남은 생은 베풀고 나누고 비우고 비워서 하늘에 둥근달처럼 둥실 떠서<보름달> 무지개를 잡을 수 있기를, 꿈이 이뤄질 수 있기를 필자도 바라본다.

베푸는 삶, 대문을 열어놓겠다는, 불교철학 자비를 실천하겠다는 심성 고운 전진식 시인, 그의 시는 처음부터 종영과 두보의 시적 철학에 닿아 있었다 소외계층의 삶에 천착한 그가 리얼리즘 시를 쓰는 건 당연하다
변두리 소시민들의 고난과 고통, 답답한 현실에서 벗어나고픈 욕망.
크레파스의 꿈을 그려내는 그의 시는 전인격적 투사로 그들 삶의 고통과 한을 눈물 나도록 리얼하게 아주 잘 표출해 내고 있다.
신경림의 〈농무〉를 연상케 하는 〈탈춤〉은 신경림 계열의 이 시대의 민중 시요 전 인격을 다한 절명 시에 견줄 만하다 할 것이다.

크레파스의 꿈이 이루어지기를
그의 두 번째 시집 출간을 진심으로 축하하며

24. 9. 14. 문인선(문학평론가. 경성대 시창아카데미교수)

비탈길 사람들

초판발행 2024년 10월 10일
지은이 **전진식**
펴낸이 김복환
펴낸곳 도서출판 지식나무
등록번호 제 301-2014-078호
주소 서울시 중구 수표로 12길 24
전화 02-2264-2305
이메일 booksesang@hanmail.net

ISBN 979-11-87170-78-5
값 11,000원